l'Avènement

de

Charles dix,

ou les trois Visions,

Poëme Lyrique;

Par M. A. Bignan.

PARIS,

IMPRIMERIE ET LIBRAIRIE DE C. J. TROUVÉ,

RUE DES FILLES-SAINT-THOMAS, N. 12.

MAI 1825.

L'AVÈNEMENT

DE

CHARLES X,

OU

LES TROIS VISIONS.

l'Avènement

de

Charles dix,

ou les trois Visions,

Poëme Lyrique,

couronné à la Société royale des Bonnes-Lettres,
dans sa Séance du 23 mai 1825;

Par M. A. Bignan.

PARIS,

IMPRIMERIE ET LIBRAIRIE DE C. J. TROUVÉ,

RUE DES FILLES-SAINT-THOMAS, N. 12.

MAI 1825.

L'AVÈNEMENT

DE CHARLES X,

OU

LES TROIS VISIONS,

POÈME LYRIQUE.

Εἷς κοίρανος ἔστω
Εἷς βασιλεύς. (*Iliade*, chant second.)

Qu'un seul maître, un seul Roi reçoive notre hommage.

—◦◦◦—

O Royauté, vierge divine,
De ton immortelle origine
Tu portes le sceau précieux.
Armé du sceptre héréditaire,
Un Roi n'est plus fils de la terre,
C'est un sauveur venu des cieux.

Quand un Prince a vécu, l'héritier du royaume
Accepte de son rang l'emblême solennel;
Comme un berger reçoit dans son palais de chaume
Le sceptre pastoral du troupeau paternel.

Sa race, à jamais affermie,
Ne voit pas de force ennemie
A qui ses droits puissent céder;
Qu'un orage ébranle le trône,
L'usurpateur de la couronne
L'envahit sans la posséder.

O jouet d'un sanglant délire,
France! dont le sein tourmenté
Subit un tyran sous l'empire,
Et mille sous la liberté,
Après tant de maux et de crimes,
Rendue à tes Rois légitimes,
Tu brilles d'un éclat plus beau;
Et, fier de son nouvel ombrage,
Ce lis, battu d'un long orage,
Fleurit jusque sur leur tombeau.

D'où viennent ces enfans, ces vieillards et ces femmes,
Qui, montrant sur leur front la douleur de leurs âmes,
Vers ce palais en deuil s'empressent d'accourir?
Peuples, de vos transports calmez la violence;
Priez, mais priez en silence,
Le Roi de France va mourir.
Il va mourir, ce Roi, modèle de constance,
Qui du fond de l'exil ramena l'espérance,

Et, des droits de l'amour fortifiant ses droits,
Établit dans nos cœurs sa puissance immortelle
        Sur l'alliance fraternelle
        Des arts, de la paix et des lois.

Lorsque de Saint-Denis la voûte sépulcrale,
Ouvrant ses noirs caveaux à la cendre royale,
Joindra le cœur d'un frère au cœur qui l'attendait,
Tous les prêtres, vieillis dans la funèbre enceinte,
        Se demanderont avec crainte
        S'ils pleurent encore un forfait.

Non, sous un mal cruel c'est un mourant qui tombe;
Intrépide martyr sur le bord de la tombe,
Peuple, oubliant son sort pour ne penser qu'au tien,
Il oppose au trépas, dont il brave l'image,
        Toute la constance d'un sage,
        Toute la douceur d'un chrétien.

Tandis que sa famille, à ses pieds réunie,
Par tant de morts déjà façonnée aux malheurs,
Respectueux témoin d'une sainte agonie,
Immobile, l'admire en répandant des pleurs,
Son frère a recueilli ces paroles errantes
A travers les soupirs de ses lèvres mourantes :
« Charles, retire-toi, séparons-nous; adieu!
» Je te laisse la France, et retourne vers Dieu.

» A nos cœurs fraternels deux voix se font entendre ;
» Va remplir tes devoirs, j'ai mes comptes à rendre. »
A ces mots, dans le sein d'un asile pieux,
Charles court renfermer son deuil silencieux ;
Sous le poids des ennuis sa paupière lassée
Se ferme... le sommeil lui refuse la paix ;
Un avenir de gloire occupe sa pensée ;
Prince français, il rêve au bonheur des Français.

Soudain, une image imposante,
Des nuits perçant l'obscurité,
Dans les Cieux ouverts se présente,
Brillante d'immortalité.
L'auréole mystérieuse,
Sur sa tête victorieuse,
Rayonne comme un cercle d'or,
Et dans sa main, du glaive armée,
Quelques palmes de l'Idumée
Balancent leur pieux trésor.

Le fantôme animé s'arrête sur la couche,
S'incline, et ces accens s'échappent de sa bouche :

« Charles, tu vas régner ; écoute : mes avis
» Descendent jusqu'à toi du haut des saints parvis.
» Par les nœuds fraternels d'une auguste alliance,
» De l'autel et du trône affermis la puissance.

» Humble sujet du Dieu qui règne sur les Rois,

» Mérite son amour en respectant ses droits,

» Et sache recevoir, soumis à sa loi sainte,

» Ses faveurs sans orgueil, ses disgrâces sans crainte.

» Que partout ta présence annonce le bonheur;

» Aime le pauvre, il vient de la part du Seigneur.

» Loin de toi les flatteurs à la voix corruptrice!

» A côté du pouvoir fais asseoir la justice,

» Et présente à la France, heureuse désormais,

» La vertu du monarque en exemple aux sujets.

» Le cœur d'un roi pieux est comme un sanctuaire

» Où Dieu même descend pour instruire la terre.

» Imite-moi, mon fils! en tout temps, en tout lieu,

» J'ai défendu mon peuple et souffert pour mon Dieu.

» Les chênes de Vincenne ont béni ma mémoire;

» Les palmiers de Tunis ont raconté ma gloire.

» Apprends de mon trépas à vivre en Roi chrétien.

» Tu peux tout avec Dieu, sans Dieu tu ne peux rien. »

   A peine le fantôme auguste

   Jusqu'aux brillant palais du juste

Porte avec majesté son vol silencieux,

   Au bruit des saintes harmonies,

   Un chœur d'innombrables génies

Escorte de ses chants un Roi victorieux,

   Qui, fier d'une double conquête,

Voit se rassembler sur sa tête
De Bellone et des arts le faisceau radieux.
Deux étendards chargés de gloire
Rayonnent, orgueilleux de leur blanche couleur;
Sur l'un on lit ces mots : MARIGNAN ET VICTOIRE.
Sur l'autre : PAVIE ET L'HONNEUR.

« CHARLES, dit l'ombre souveraine,
» Par-delà les monts de Pyrène
» J'ai vu ton fils vainqueur entraîner tes guerriers;
» J'ai contemplé Cadix pour oublier Pavie,
» Et la palme à mon front ravie
» M'est rendue avec tes lauriers.

» Si, toujours libre et triomphante,
» Ton heureuse patrie enfante
» Sous un nouveau François mille Bayards nouveaux,
» Remporte sur les arts de plus douces conquêtes,
» Et que la lyre ait ses poëtes
» Comme le glaive a ses héros.

» Protégé des arts qu'il protége,
» Ton nom, suivi de leur cortége,
» Saura vers l'avenir s'élancer à grands pas;
» Comme moi, rends hommage aux enfans du génie:
» Monarque, j'honorais leur vie
» Ami, je pleurais leur trépas.

» Si l'antique chevalerie,

» Errante encor dans ma patrie,

» Fixa dans mon palais son vol aventurier;

» Que son noble étendard sans cesse t'accompagne;

» Je l'ai reçu de Charlemagne;

» Reçois-le de François premier. »

Le Prince, qu'éblouit ce rêve prophétique,

Tend une main crédule au fantôme héroïque;

L'ombre a fui... mais soudain à son œil attendri

S'offre de tous les Rois le Roi le plus chéri;

A saisir son épée on dirait qu'il s'apprête;

L'écharpe aux franges d'or s'agite, et sur sa tête

Brillent les flots d'argent du panache d'Ivri.

« CHARLES ! tu vois le père de ta race,

» Ce Roi soldat qui pleura ses succès,

» Et, du ligueur humiliant l'audace,

» Cria toujours : Épargnez les Français.

» O de mon sceptre auguste légataire !

» Fais tout le bien que j'aurais voulu faire.

» Entre ton peuple et les grands de ta Cour

» N'élève pas de barrière importune;

» Toute famille, et ton peuple en est une,

» Du même père attend le même amour.

» Loin d'écarter la foule qui se presse,

» Et de ta vue enivre son regard,
» Marche escorté de sa seule tendresse ;
» Les cœurs français sont ton plus beau rempart.
» Aimer les lois, secourir l'indigence,
» Voir les erreurs des yeux de l'indulgence,
» Sur les ingrats étendre le pardon,
» Et mériter qu'un jour la France entière,
» Mêlant ton nom à sa sainte prière,
» Dise en pleurant : CHARLE étoit juste et bon :
» C'est rehausser l'éclat du rang suprême,
» C'est en grand Roi porter le diadême,
» C'est plus encor, c'est régner en Bourbon. »

Tout à coup du sommet des célestes royaumes,
Un peuple aérien de soixante fantômes
  Balançant des palmes de lis,
Des écharpes d'azur et des glaives de flamme,
Dans ses rangs fraternels semblait admettre une âme,
  Et c'était l'âme de Louis !

CHARLES se lève, il court... O rigueur ! ô clémence !
Un grand règne finit, un beau règne commence.
Quel jour d'espoir succède à cette nuit d'effroi !
Il revêt en pleurant la pourpre héréditaire ;
  O LOUIS ! il te pleure en frère ;
  O peuple ! il te console en Roi.

O d'un songe divin miraculeux message!
La triple vision accomplit son présage.
CHARLES! tu fais revivre à nos yeux éblouis
Trois vertus, digne objet d'un respect idolâtre,
    La piété de SAINT-LOUIS,
La grandeur de FRANÇOIS, la bonté d'HENRI-QUATRE.

HENRI-QUATRE! combien son bronze enorgueilli,
D'allégresse et d'amour naguère a tressailli,
Quand d'un peuple orphelin dissipant la tristesse,
    Dans les murs joyeux de Lutèce,
Tu nous rendais un père, en nous rendant un Roi!
L'aimable majesté qui sur ton front respire,
Tes gestes, ton maintien, tes regards semblaient dire :
    « Enfans, venez tous jusqu'à moi. »
As-tu des ennemis que ta voix ne désarme?
As-tu des serviteurs que ta douceur ne charme?
Par quels touchans discours ton cœur s'épanche au loin,
Tant le plaisir d'aimer est ton premier besoin!
Aux maux de tes sujets, comme tu t'associes!
Lorsque le pauvre obscur vient, en s'humiliant,
Tendre à ta main royale un écrit suppliant,
C'est toi, son bienfaiteur, toi qui le remercies!
O modèle accompli de franchise et d'honneur,
Roi paré des vertus de ton antique race,

Chacun de tes regards révèle une faveur,

Chaque pensée un bien, chaque mot une grâce.

Tout le cœur d'Henri-Quatre a passé dans ton cœur.

Peuple, il protégera cette loi solennelle,

Le plus beau des présens de la main fraternelle,

Traité conservateur qui maintient à la fois

Le Roi dans son pouvoir, le sujet dans ses droits.

Français ! s'il s'applaudit de régner sur la France,

C'est qu'il peut de plus loin découvrir vos malheurs :

Protecteur de l'hospice où gémit la souffrance,

Lui-même il vient verser un baume d'espérance

    Dans la coupe de vos douleurs;

Et, mêlant aux plaisirs une pensée austère,

Dans la pompe des cours il rêve des bienfaits :

Heureux d'apercevoir l'abri de la misère

    A travers l'or de son palais.

Fils des arts, à ses pieds déposez votre hommage.

Muses, pour le chanter unissez votre voix.

Grâce à lui, la pensée a reconquis ses droits;

Le Génie, indigné sous un joug qui l'outrage,

    Ne prosterne plus sa fierté,

Et, décernée au Roi qui brise l'esclavage,

    La louange a sa liberté.

O vous, nobles vainqueurs des monts de l'Ibérie!

Guerriers, inclinez vos drapeaux;

Comme aux jours merveilleux de la chevalerie,

Levez sur le pavois le père du héros,

Qui, domptant la Discorde à ses pieds étouffée,

Par la Victoire armé pour conquérir la paix,

Joint l'éclat d'un nouveau trophée

A l'éclat rajeuni du vieux drapeau français.

Quand la prudence et le courage

De l'astre antique de Pélage

Raniment la splendeur penchant vers son déclin,

Plus heureux que Charles-le-Sage,

Notre Roi dans son fils trouve son Du Guesclin.

IMPRIMERIE DE C. J. TROUVÉ,
RUE DES FILLES-SAINT-THOMAS, N° 12.